KB122662

기록을 하는 편이 낫다고 나는 스스로에게 말한다.
가끔은 이런 낙서를 누가 읽을까 싶다. 하지만 언젠가는
그것으로 작은 금괴를 만들 수도 있을 거라고 생각한다.

- 버지니아 울프, 소설가

## 낙서인 nakseoin

글을 쓰고 만화를 그립니다. 두 곳의 회사에서 3년간 근무했고, 퇴사한 지금은 낙서를 하고 있습니다. 깊게 생각하고 조용히 이야기하는 걸 좋아하지만 가끔은 시덥지 않은 웃긴 얘길 하고 싶을 때도 많습니다.

낙서하듯 살고 싶지만
대충 살겠단 뜻은 아닙니다

안녕하세요?

이 책은 낙서와
저에 대한 3년간의
생각 모음집 입니다.

처음 퇴사를
결심한 순간부터

제 이야기를
하기까지        꽤 오랜 시간이
                걸렸습니다.

어쩌면 그동안
겁을 먹고 도망친 건지도
모르겠습니다.

삐뚤빼뚤 모양이
제각각인 낙서가

어쩐지
인생과
닮아보여

몇글자씩
적었던 게

이 책의 시작이었습니다.

# 들어가는 글

스스로 낙서하듯 살고 싶다고 말하곤 합니다. 눈치 보지 않고 원하는 걸 그리는 낙서처럼 인생 또한 자유롭게 살고 싶었습니다. 그렇게 다니던 회사를 호기롭게 나왔고 내 이야기를 하겠다는 목표로 혼자 이것저것 발버둥 쳤습니다. 하지만 회사 밖 실전은 달랐습니다. 오히려 더 단단한 규칙과 절제력을 요구했습니다. 여유로운 삶을 살고 싶다고 마냥 손을 놓고 지켜본다면 아무 일도 일어나지 않았습니다. 오히려 혼돈과 무질서만 생긴다는 걸 너무 늦게 알았습니다. 어떻게든 되겠지 같은 무책임한 말 대신 다른 게 필요했습니다. 너무 빼곡하거나 느슨하지도 않은 중간의 어딘가 말입니다.

퇴사를 하고 3년이 지났습니다. 그동안 자주 방황하고 넘어졌습니다. 내 이야기에 자신이 없어져 아무것도 못 하고 불안할 때도 많았습니다. 그럴 때마다 밖으로 가 산책을 하거나 연습장에 무작정 낙서를 했습니다. 이 책은 그렇게 쏟아 낸 낙서와 저의 모음집입니다.

고민이 깊어 결정하기 어려워지면 항상 최악의 상황을 상상했습니다. 신기하게 용기가 생겨 결정이 쉬워졌기 때문입니다. 처음 퇴사할 때가 그랬고, 책을 만들고 있는 지금도 마찬가지입니다. 엉성한 책을 낸다면 주변에 비난과 망신을 받을지 모릅니다. 하지만 제가 생각한 최악은 그게 아니었습니다. 책을 쓰다 중간에 포기하고 결국 완성하지 못하는 것. 그것이 제가 생각한 최악의 상황이었습니다.

픽사의 스토리텔러 매튜 룬은 이런 말을 한 적이 있습니다. '우리가 영웅을 존경하는 이유는 그가 늘 성공해서가 아니라, 절대 포기하지 않기 때문이다.' 그렇습니다. 포기하지 않는 한 우리는 영웅이 될 수 있을지 모릅니다. 인터넷에서 본 어느 영웅의 멋진 이야기만큼은 아니더라도, 분명 우리는 자기라는 이야기 안에서 얼마든 영웅이 될 수 있습니다.

　무슨 수를 써서라도 벌려 놓은 건 매듭을 짓자 다짐했던 게 여기까지 왔습니다. 누군가의 이야기와 나를 비교하는 부끄러운 모습도, 계속 고민만 하다 늦어져 허둥대는 모습도, 방황만 하다 부딪히는 모습도 전부 제 모습이었습니다. 순전히 내 이야기를 하고 싶다는 개인적인 욕심에 의해 출발했던 책이었지만, 이제는 비슷한 고민을 하는 누군가에게 실마리가 되었으면 했습니다.

　삐뚤빼뚤하고 엉성해 보이기만 하던 낙서는 생각보다 제게 많은 의미가 있었습니다. 낙서하듯 살겠다는 말은 단순히 대충 살겠단 말이 아니었습니다. 대신 매 순간 최선을 다해 살겠다는 의미였습니다. 낙서를 할 땐 집중하느라 시간이 가는 걸 몰랐던 것처럼 인생 또한 몰입하며 살고 싶습니다. 누군가의 낙서 가득한 일기장엔 이런 모양의 삶도 있구나 가볍게 보고 가신다면 좋겠습니다. 제 책의 첫 장을 펼쳐 주셔서 감사드립니다.

# CHAPTER 3

# 부록

# CHAPTER 1

시작을 시작하기

나는 정식으로 그림을 배워본 적이 없다.

미술교육
시각디자인
회화

초중고 미술 시간 때 배운 게 전부다.

사실..

배웠다기 보다
단순히 그림 체험의
기억이 더 크다.

21

그런 내가 몇년 전부터 그림을 배우기
시작했다.

작년에 두 달 크로키, 올해는 연필소묘

주1회
두달씩
텀을 두고..

가장 큰 이유는 막연한 동경과 갈증 때문이었다.

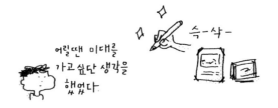

단순한 수업 몇 번만으로 그게 채워질 수 없단 걸 알았지만 뭔가 막막했었다.

어쩌면 시작할 방법을 찾았던 것일지도
모른다.

당시엔 회사를 다니느라 정신 없었는데

매일이 답답하고 지루했으며 공허했다.

만약 지금 이 상태로 계속 흘러 간다면
분명 후회하고 말겠단 확신이 들었다.

하지만 '그래서 어떻게 할건데?' 라고 스스로
묻는다면 쉽게 답이 나오질 않았다.

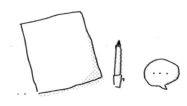

다만 더이상 떠밀리며 살고 싶지 않았다.

그리고 그때쯤 건강에도 문제가 생겼다.
돌이켜보면 큰 문제는 아니었지만

인생은 생각보다 짧고 소중하단 걸 느꼈다.

그런 생각들이 하나둘 쌓여갈 때 쯤 우연히
강의 하나를 발견해 수업을 신청했다.

'나만의 스타일로 드로잉 그리기'

돌이켜보면 이 강의가 내 고민들에 직접적인
답을 주진 못했다. 하지만 하나 확실한 건,

이게 시작이었단 사실이다.

7호선 뚝섬유원지 지나는 길

열차는 한강을 지나고 있었다. 창문 너머 반짝이는 물결은 여전히 눈부시다. 탁 트인 경치가 묘한 기분을 주는 사이, 열차는 쏜살같이 어두운 터널로 들어간다. 고요하지만 분주한 열차 안. 정적을 깨는 안내방송이 귓가를 때린다. 다 왔으니 그만 출근하러 가라고.

출근길 지하철역은 언제나 정신없었다. 사방엔 나와 비슷한 직장인들이 요란한 소음 사이로 말없이 분주하다. 계단을 오를수록 소음은 점점 커진다. 삑- 개찰구 소리다. 어쩐지 그게 마트 계산대의 바코드 소리처럼 들린다. 줄지어 계산되기를 기다리는 공산품들 사이 내가 서 있다. 내게 붙은 가격표는 얼마일까. 방금까지 한강을 건너고 있던 게 꿈인가 싶을 만큼 이곳은 우중충하다. 가끔은 이런 풍경들이 고약한 출근길을 위해 누군가 일부로 만든 장치가 아닐까 상상했다. 아침에 탁 트인 한강의 경치를 보지 못했다면 출근길은 더 우울했을 거다.

몇 년째 똑같은 지하철을 타다 보면 자연스레 요령이 생긴다. 어느 칸에 타야 바로 계단이 나오는지,

출입문의 방향은 어디고 환승객은 어디서 많이 빠지는지. 서울의 외곽에 사는 탓에 매일 2시간 이상을 출퇴근에 보낸다. 빈 좌석이 보이면 바로 앉을 수 있게 어디가 명당인지 파악하는 건 필수다. 일단 자는 사람은 제외한다. 가끔 번쩍 눈을 떠 일어나기도 하지만 상대적으로 희박하다. 교복을 입었거나 대학 잠바를 입었다면 쉽다. 핸드폰이랑 전광판을 번갈아 보시는 분은 모 아니면 도다. 출근 시간이 비슷해 가끔 마주치던 분이 먼저 앉는다면 꽤나 자존심이 상한다. 며칠 적중률이 떨어지는 것 같으면 처음부터 환승객이 많이 내리는 열차 칸으로 가 기다리기도 한다. 그래봤자 자리에 앉아서 가는 건 여전히 힘들지만.

전쟁 같은 출근길을 지나 도착한 회사는 어느새 시간만 때우는 곳이 되었다. 언젠가 친구 녀석이 그런 내게 '월급도둑'이란 별명을 붙여줬는데 처음엔 편하게 돈을 번다는 생각에 마냥 싫지만은 않았다. 스스로 운이 좋았다고 생각했다. 하지만 알고 보니 그건 운이 아니었다. 그저 자신을 조금씩 병들게 하는 병균일 뿐이었다. 병균은 자신도 모르는 사이 조금씩

나를 병들게 하고 있었다.

악취 속에 오래 머물면 후각이 무뎌지듯 무엇이 문제인지 알기까지는 오랜 시간이 걸렸다. 처음엔 그러지 않았지만 어쩌다 보니 나도 사회에 찌들었던 탓인지 모르겠다. 뭐든 열심히 하면 손해만 보니 적당히 했다. 회사에선 모나지 않기 위해 개성을 죽였고 새로운 시도 보다는 과거를 답습하며 방관했다. 그러자 출퇴근 길은 항상 공허함이 가득해졌다.

보통 퇴근길 풍경은 아침보다 상쾌해야 한다. 하지만 어느 순간 퇴근길마저 우중충하고 답답해진다면 한계치에 도달했단 소리다. 그럴 땐 무엇인가 결정해야 한다. 사람마다 어떤 결정을 할 건지는 다르다. 누군가는 변화를 또 누군가는 순응을, 그게 아니라면 다른 길을 선택한다. 그 사이 나는 어떤 결정도 쉽게 내릴 수 없었다. 다만 한가지, 더 이상 후회하고 싶지 않았다.

장래희망으로 고른 단어는

고등학교 1학년 장래희망에 적었던 단어는 회사원이었다. 평범한 회사원. 학기 초 어쩔 수 없이 제출해야 했던 생활기록부에 겨우 고른 직업이었다. 무슨 일을 하는 회사원인지는 생각하지도 못한 채, 그저 늦게 제출할까 싶어 허겁지겁 서두르다 골랐을 뿐이다. 아주 어렸을 땐 의사나 선생님 같은 걸 적어냈지만 이젠 아니었다. 어렴풋이 좋아하던 게 있었는데 겉으로 드러내진 않았다. 그저 남들이 하는대로 따라 갔다.

그러자 몇 년 후 신기한 일이 일어났다. 정말 그 평범한 회사원이 된 것이다. 누군가 대학 전공은 취업과 전혀 상관없다고 비아냥댄 걸 증명이나 하듯 적성에 맞지 않은 대학과 아무 상관 없는 회사에 들어갔다. 크게 대단한 회사는 아니었지만 어쩌다 합격한 게 나쁘진 않아 보여 그냥 다니던 게 이렇게 되었다. 가고 싶었던 회사를 다시 도전하는 것보다 일단 취업부터 하는 게 나으니까. 그렇게 합리화했다.

평범함이란 내게 안전지대를 의미했다. 모나거나 특출난 것 없는 보통의 상태. 그러다 보니 누군가의 뒤꽁무니만 쫓았다. 아니 나중엔 그것도 못 하고

35

그저 떠밀리듯 따라가기 바빴다. 안전하지 않은 안전지대. 평범함은 그런 것이었다. 내가 추구해야 할 것은 평범함이 아니라 자기다움이란 걸 그땐 알지 못했다.

*

초등학교 4학년 때다. 반에선 한창 만화 캐릭터를 그리는 게 유행이었다. 어떤 친구는 A4용지를 잘라 자신의 그림을 작은 만화책으로 만들었고, 또 어떤 친구는 말도 안 되게 멋진 그림을 척척 그려냈다. 반면 내가 그리는 거라곤 동그란 얼굴에 얇은 선 몇 개로 이어진 캐릭터 '졸라맨'이었다.

그림을 잘 그리는 친구들을 보면 신기했다. 하지만 얼마 지나지 않아서는 다시 늘 그리던 대로 낙서를 했다. 가끔 다른 만화 캐릭터를 따라 그리기도 했지만 똑같지 않아 스트레스를 받은 적은 없다. 그냥 내가 좋아서 했던 게 낙서였다. 누군가 시켜서 한 게 아니었다. 하지만 언젠가부터 낙서는 부끄러운 게 되어버렸다. 키가 자라고 주변 사람들의 시선이 더 신경 쓰이기 시작할 때부터였다. 연습장에 그린 낙서는 누가 볼까 숨기기 바빴고, 누군가 취미를 물으면 쉽게 대답하지 못했다. 낙서라고 말하면 별 볼 일 없을까 봐, 그렇다고 그림이라고 말하기엔 부족해 보였다. 너무 주변의 눈치만 봤다.

세상엔 꼭 무엇이 되어야 한다고 몰아붙이는 목소리가 있었다. 무작정 목표와 성공을 강조하는 오래된 자기계발서들이 특히 그랬다. 어떻게 될지 모르는데 정해진 길을 벗어난다면 큰일 난다고 꾸짖는다. 하지만 세상엔 꼭 무엇이 되어야만 할 필요는 없었다. 장래희망은 말 그대로 장래에 희망하는 것이지 반드시 그렇게 되어야 하는 게 아니었다. 잘못 적어도 큰일 나는 게 아니었다. 그렇다면 조금 솔직해져도 괜찮지 않았을까.

# 슥슥 그리기

미술 학원에 가 처음 배웠던 건 크로키였다.

크로키란 대상을 관찰하고 빠른 시간 내에
형태와 특징을 표현해 그리는 기법인데

초반엔
자기 손을
여러번
그렸다

자세하고 정확히 그려야 하는 소묘와 달리
슥슥 빠르게 그려야 하는 게 포인트였다.

슥슥-

보통 시간을 정하고 같은 걸 여러번 그렸는데

다양한 방식과
시간을 두고 진행
...

수업에선 정해진 시간이 있다보니

아무래도 머뭇거릴 새 없이 바로바로 시작
해야 했다.

그래도 신기했던 건 처음엔 어떻게 그릴까
막막했어도

일단 그리기 시작하면 어떻게든 그림은
완성되었단 거다.

가끔 획 몇 개가 내 뜻대로 그어지지 않을
때도 있었지만

연연하지 않고 그리다 보면 티도 안나고
대부분 잘 어울려 괜찮았다.

돌이켜 보면 어린 시절 학교 미술시간이나
사생대회 때 나는

그림 그리는 시간보다 빈 종이를 보며
고민하는 시간이 훨씬 많았다.

괜히 하나 잘못 그리면 전부 다 망칠 것 같아서 엄두를 못냈기 때문인데

그렇게 시작은 항상 어려운 게 되어버렸다.

하지만 크로키를 그리는 건 달랐다.

물론 결과물이 항상 마음에 들었던 건
아니었지만

그 중엔 괜찮은 그림도 분명 있었다.

그리고 그런 그림은 많이 그릴수록 더 자주
나타났다.

나는 자주 시작하고 부딪혀야 했다.

단지 원하는 그림을 위해서가 아니라

나 자신을 위해서라도 말이다.

낙서는 언제 예술이 되는가

완벽하지 않은 형태. 삐뚤빼뚤한 선. 사람들은 대부분 낙서를 별 볼 일 없는 것으로 여긴다. 하지만 어떤 낙서는 예술 작품이 되어 미술관 액자에 걸리기도 한다. 미국의 추상화가 잭슨 폴락의 그림이 그렇다. 그의 대표작 <No. 17>은 사방에서 물감이 마구 뿌려진 모습 때문에 언뜻 낙서처럼 보인다. 하지만 엄연히 경매장에서 2억 달러에 낙찰된 예술 작품이다. 또한 피카소와 바스키아의 그림도 그렇다. 몇몇 그림은 누가 그렸는지 몰랐다면 아이의 그림과 착각할 정도다. 한편 뱅크시의 그림은 아예 낙서라고 불린다. 벽에 몰래 그리는 그의 작업 방식 때문이다. 하지만 이들의 그림은 전부 경매장에서 귀한 대접을 받는 예술 작품이다.

뱅크시가 벽에 낙서를 하면 소더비 경매장으로 간다. 하지만 내가 그러면 경범죄 위반으로 다른 곳에 가야 한다. 낙찰금 대신 벌금을 내야 할 거다. 뱅크시는 얼굴 없는 예술가로 불리지만 나는 논란이 된다. 이런 걸 보면 결국 차이는 누가 무엇을 했느냐 인가 싶다. 실제로 뱅크시는 이에 대한 실험을 한 적도 있다. 뉴욕 거리로 가 자신의 그림을 익명으로 판매

해본 것이다. 경매장에서 거래되던 금액보다 몇 백배 저렴한 금액으로 판매해봤지만 사람들은 별로 관심을 주지 않았다.

정말 예술은 알다가도 모르겠다. 어디서 듣기론 이젠 그림 자체보다 맥락이 더 중요해졌다고 들은 것 같은데 맞나? 그치만 맥락이란 건 어쩐지 한 번 유명해지면 자연스레 생기는 느낌이다. 선후관계가 바뀐 건지는 모르겠지만 어쨌든 어렵다. 낙서와 예술의 경계를 구분하려고 하면 할수록 미궁에 빠지는 기분이다. 답답한 마음에 혼자 무작정 노트를 폈다. 한 쪽엔 '좋은 낙서'와 다른 한 쪽엔 '나쁜 낙서'를 적었다. 그리고 아래에 생각나는 걸 마구 적어보았다. 아무래도 좋은 낙서라고 생각한 것이 예술에 좀 더 가까울 거란 생각 때문이었다. 하지만 결과는 신통치 않았다. 무언가를 적으면 적을수록 지치기만할 뿐 명쾌한 답이 나오지 않는 것이었다. 무엇이 문제란 말인가.

그래서일까 예술은 항상 익숙하면서 낯설다. 잘은 모르지만 감격스런 장면을 보며 전율을 느낄 때 '

예술적인' 경험을 했던 것 같다. 생각해 보면 그런 경험은 미술관 안쪽뿐만 아니라 바깥에서 더 자주 만났다. 고개를 들면 비가 그친 하늘 너머로 주황빛과 보라색의 구름이 있었다. 그 아래로 길게 늘어선 가로수 사이엔 웅장한 바람이 불어와 가슴을 울린다. 여름밤 언젠가 처음 함께 걸었던 기찻길 산책로에는 작은 노랫소리가 흘러나왔다. 횡단보도에는 아기가 엄마 품에 안겨 작은 손을 꽉 쥐고 있었고 젊은 연인들은 서로를 보며 환하게 웃고 있었다. 예술은 좋고 나쁨을 따지면서 찾는 게 아니었다. 그냥 우연히 발견될 뿐이었다.

생각을 생각하기

어릴 때부터 나는 생각이 많은 아이였다.

생각이 많은 건 좋은 점과 나쁜 점이
함께 있다.

가끔은 걱정과 불안이 불쑥 찾아오지만

또 가끔은 그게 새로운 이야기의 씨앗으로
이어지기도 한다.

하지만 중요한 건 그렇게 떠오른 아이디어가

정작 어떤 결과물로 나온 적은 거의 없었단
사실이다.

핸드폰이나 딴 짓을 하며 자주 일을 미뤘던 탓인데

한동안은 그게 게으름 때문인 줄 알았다.

하지만 알고 보니 그건 두려움 때문이었다.

나는 주위의 평가를 두려워하는 사람이었다.

혹시 별 볼일 없는 결과가 나오면

나 또한 그렇게 여겨질까 두려웠다.

그러자 해야할 일은 자꾸 미루고 도전을
겁내기 시작했다.

그럴 필요가 없었는데 말이다.

너무 과한 생각은 때론 독이 된다.

어쩌면 이런 사람들에겐 그만큼 생각을
발산할 무언가가 필요한지도 모르겠다.

돌이켜 보면 나는 무언가 이야기를 하고
싶어하는 아이기도 했다.

낙서를 그리고 상상하길 좋아하던
생각이 많은 아이.

그리고 그 옆엔 아직 완성시키지 못한
이야기가 한가득 남아 있다.

도망치기만 해선 결코 이야기는 완성되지
않는다.

그동안 완성되지 못했던 이야기들

그 이야기들이 집 가는 버스에서 문득
생각이 났다.

CHAPTER 2

혼자 그리던 낙서에서

두 달간의 미술학원 수업이 모두 끝났다. 그사이 다니던 회사를 나와 소설 작법과 시나리오 수업을 들었다. 혼자 이것저것 발버둥 쳐보기 위해서였다. 그러다 집중이 되지 않으면 가끔 예전에 그렸던 그림을 꺼내봤다. 그날도 평소처럼 집중이 되지 않아 책장을 살폈는데 스케치북 하나가 눈에 들어왔다. 미술 수업 때 썼던 커다란 스케치북. 나는 손을 뻗어 스케치북을 꺼내 들었다. 그리곤 조용히 펼치려는데 옆에 껴 있던 종이 한 장이 툭 하고 떨어졌다. 자세히 보니 수업 때 같이 들었던 누군가의 그림이었다.

미술학원에는 총 다섯 명의 수강생이 있었다. 건축 일을 하다 은퇴하고 오신 아저씨, 간병 일을 하느라 지쳐서 찾아오셨다는 아주머니, 딸과 함께 그림을 배우고 싶어 방문했다는 모녀, 그리고 나. 직업과 나이는 전부 달랐지만 그림을 그리겠다는 목적으로 모인 사람들이었다. 한때 관심에서 사라졌던 그림이 어떤 이유로 다시 생겨났는지는 제각각이었지만 어딘가 다들 비슷한 인상이었다. 그래서였을까 조용한 강의실에선 항상 알 수 없는 생명력이 느껴졌다.

수업이 끝날 때면 다 같이 모여 서로의 그림을 보고 이야기 나눴다. 강사님이 정해준 수업 방식 덕분이었다. 스케치북엔 저마다의 개성이 있었고 어쩐지 각자의 이야기와 닮아있었다. 같은 대상이라도 표현하는 방식이 제각각인 탓에 구경하는 재미도 있었다. 마지막 수업 때는 서로의 그림을 벽에 붙여놓곤 감상하는 작은 전시회도 열렸다.

"보시면서 다른 분들 마음에 드는 그림 있으면 한 장씩 교환하세요. 그래도 몇 주 동안 같이 그림 그렸던 동기들인데."

수업을 마무리하며 얘기하시는 강사님의 말에 수강생들은 약속이나 한 듯 서로의 그림을 하나씩 가져갔다. 저마다 건네는 칭찬과 격려의 말도 잊지 않았다. 그사이 나도 다른 분의 그림 하나를 집어 들었다. 어딘가 투박하지만 시작하는 이의 자신감과 설렘이 느껴지는 그림이었다. 나는 조용히 가져온 그림을 내 스케치북 사이에 집어넣었다.

내게 그동안 그림은 혼자 그리던 것이었다. 이걸 누군가에게 보여주고 이야기를 나눈 적은 결코 없었다. 연습장의 낙서는 말할 것도 없고, 초중고 미술 시간 땐 그냥 시간 맞춰 제출하기 바빴으니 그럴 만도 했다.

하지만 언젠가부터 알 수 없는 갈증이 느꼈다. 어쩌면 그래서 인스타그램 계정을 만든 거였는지도 모르겠다. 기록이라는 핑계로 그림을 하나씩 올렸던 건데 사실은 누군가와 이야기를 나누고 싶어서였나 보다. 어렸을 때부터 좋아했던 낙서. 그 단어를 두고 하루를 꼬박 생각해 이름을 만들었다. 다니던 수업은 모두 끝났지만 나는 다시 출발선에 선 기분이었다. 낙서인이라는 이야기는 그렇게 시작되었다.

음악 취향

언젠가 음악 매거진에서 에디터로 채용 면접을 봤던 적이 있다.

음악 취향을 물어보셔서 당황한 채 몇 명을 겨우 얘기했는데

면접관님께서 내 취향에 대해 얘기하셨던게 기억난다.

생각지도 못했는데 듣고 보니 정말 그랬다.

나중에 그런 류의 음악들을 더 찾아보니
Emo Hiphop이라고 하는 걸 알게 됐다.

한국말로 굳이 번역하자면 감성을 자극하는
힙합 장르 정도일 꺼다.

Emotional HipHop의 약자..    서정적인 사운드에

자기반성, 성찰의              내용을 담고 있다고

하는데.. 굳이 이런            음악장르의 구분은

감상자 들에게는              무의미하다 생각..

(설명충)

한때 힙합 하면 플렉스니 스웩이니 그런 게 전부인 양 얘기되던 시기가 있었는데

나는 그보다 잔잔한 음악이 더 좋다.

힙합 음악 중 가장 기억에 남았던 곡을
고르라면 다이나믹듀오의 '파도'란 곡이다.

다이나믹듀오 2집
Double Dynamite 수록곡

파도 ( I know )

중학생이던 어느 날, 자기 전 이 노래를 듣다
나도 모르게 울컥했던 기억이 있다.

<가사집>
아직 나도 잘 모르겠어
내가 누군지
도대체 뭘 하고 있고
또 뭘 하고 싶은지
:

(중2병)

왜인지 그때의 가사와 멜로디가 내 이야기 같다고 느껴져 위로를 받았나보다.

어릴 땐 그저 음악은 감상하고 즐기는 용도만 있다고 생각했는데

알고 보니 음악은 그보다 더 많은 의미가
있었다.

때론 수만가지 감정과 이야기를 전하고
잊지 못할 순간을 만든다.

그 순간들은 모여 내 음악 취향을 만들었다.

아니 어쩌면 그 취향들이 모여 지금의 나를
만든 건지도 모르겠다.

고양이 그림

동물 중에 고양이를 제일 자주 그린다.

하지만 놀랍게도 고양이를 키운 적은 없고
예전엔 크게 관심도 없었다.

하지만 생각이 바뀌었던 계기는 대학생 때 겪었던 일 때문인데

그날은 쌀쌀한 겨울이었다.

실내 보온이 잘 안되는지 은근히 추워서
힘겹게 잠들었는데

아침에 눈을 떠보니 몸이 꽤나 따뜻한
것이었다.

알고 보니 친구 룸메이트의 고양이가 새벽에
내 배 위에 올라가 잠을 자고 있었고

덕분에 따뜻하고 아늑하게 잠을 잘 수
있었던 것이다.

이외에도 한번은 모르는 고양이랑 같이
버스 타고 학교에 갔던 적도 있었는데

갑자기 내 옆자리로 오더니 열심히
그루밍을 했다.

근데 문제는 다른 승객들이 괜히 내가 데려
온 고양이인줄 알고 오해(?)할까봐

괜히 더 오버하면서 신기해했던 기억이 난다.

근데 만져보려고 하니까 바로 가버렸다.

이외에도 길가다 고양이가 배 까고 눕거나
그런 적도 있었는데

이런 귀여운 기억들 덕분에 자주 고양이를
그렸나보다.

다음엔 무엇을 더 그려볼까?

# 즉흥과 계획

얼마 전 인스타그램에서 한 영상을 봤다. 여행계획을 짜는데 MBTI의 P유형과 J유형이 어떻게 다른지에 대한 짧은 유머 영상이었다. 나는 아무렇지 않게 여행엔 너무 빡빡한 계획보다 여유 있는 일정이 훨씬 좋다는 댓글을 달았다. 그랬더니 얼마 후부터 계속 댓글 알림이 울렸다. 철두철미한 J들의 반발 때문이었다. 나는 황급히 댓글 창을 닫아버렸다. 그리고 조용히 노래를 들으며 이 문제에 대해 생각해 봤다. 그렇다. 나는 여유를 좋아하는 P유형이다.

P유형은 흔히 즉흥형이라 불린다. 계획보다 그때의 상황에 맞게 즉흥으로 하는 걸 더 좋아해서 그렇게 불린다. 반면 J유형은 계획형이라 불린다. 이름에서 알 수 있듯 계획을 짜고 상황을 통제하길 좋아한다. 사실 정확한 명칭은 인식형(Perceiving)과 판단형(Judging)인데 즉흥과 계획이 더 직관적이라 입에 잘 붙는다.

여행 계획을 짜는데 즉흥형 P와 계획형 J 사이의 차이가 발생하는 이유는 무엇일까. 몇 번의 고민 끝에 내린 나름의 답은 여행을 어떻게 대하느냐의 차이 같다. 여행을 가는 것 자체가 즐거움인지(즉흥형), 아니면 원하는 걸 제대로 경험하고 오는 게 여행인지(계획형)에 따라 차이가 발생해 서로 의견이 충돌할 때가 생기는 것 아닐까.

즉흥형은 여행이 두루뭉술해도 상관없다. 하지만 계획형은 이름 그대로 확실한 계획이 있어야 한다. 문제 없이 원하는대로 여행이 진행된다면 그들은 만족스러운 여행이라 느낀다. 구체적인 계획이 없는 즉흥형의 여행을 이해하지 못한다.

하지만 즉흥형은 억울하다. 계획에 신경 쓰느라 정작 제대로 여행을 즐기지 못한다면 무슨 소용이란 말인가. 몇 시까지 어디를 가고, 무슨 음식을 먹고, 다음엔 또 어디를 가고 세세하게 따지다 보면 금방 지쳐버릴지 모른다. 그래서 계획보다는 지금을 더 즐기려 한다. 그래서 발길 닿는대로 목적지를 정한다. 그래도 그 과정이 즐겁기만 하다.

하지만 이게 마냥 완벽하기만한 건 분명 아니다. 가끔은 예상 못 한 장애물을 만나 여행이 위태로워지기도 한다. 가령 기차 시간을 놓친다거나 예약을 못해 가려던 곳을 가지 못하기도 한다. 물론 거기서 나름의 여행을 만들며 헤쳐나갈 때도 많지만 자주 문제가 생긴다면 분명 불안한 여행이다. 그래서 최소한의 무언가가 필요하다. 너무 계획을 좇느라 본질을 놓치지도 않고, 그렇다고 무작정 돌아다니다 위험에 노출되지도 않을 그 중간 어딘가 말이다.

MBTI는 분명 편리하고 유용하다. 하지만 절대적인 법칙은 될 수 없다. 낙인 짓거나 면죄부를 위해 만들어진 게 아니기 때문이다. 사람은 환경에 따라 얼마든 변한다. 주변에선 종종 MBTI가 변했다는 사람이 있다. 나만 하더라도 그렇다. 검사에선 내향형이 나왔지만 친한 친구를 만날 땐 외향형이 되기도 하고, 감정형이지만 어떤 문제를 고민할 땐 논리를 따르려 할 때도 많다. 사람마다 변하지 않는 영역과 변하는 영역이 존재하기 때문이다. (이는 성격과 기질의 차이라고 들었는데 자세한 건 전문적인 검사를 하면 알 수 있다고 한다.)

전략보다 중요한 건 목표란 말이 있다. 목표에 집중하는 대신 전략에만 몰두하다 보면 오히려 목표를 달성하지 못할 때가 생긴다. 목표를 위해 전략 수정이 필요하다면 과감해야 한다. 농구에선 피보팅이란 말이 있는데 비슷한 의미이다. 골대라는 목표를 향해 어느 방향으로 몸을 틀어 드리블할지 정하는 것. 내겐 그런 유연함이 필요했다. 어느 한 쪽에만 서는 게 아닌 유연함.

나는 여행을 할 땐 빼곡한 계획 대신 최소한의 목표와 규칙을 세운다. 가령 목표는 일출 보기. 그 이상의 목표는 정하지 않는다. 세부적인 계획도 없다. 그날그날 발이 닿는대로 재밌어 보이는 곳을 따라간다. 대신 나름의 규칙을 정한다. 핸드폰을 보며 찾지 않을 것. 위급한 상황이 아니라면 핸드폰을 확인하지 않는다. 어딘지 모르겠으면 주변 사람들에게 묻거나 종이 지도를 확인한다.

다만 숙소나 장거리 이동 같은 굵직한 사항은 미리 확실하게 검색하고 예약해 둔다. 전부 다 즉흥으로만 하기엔 변수가 너무 많다는 걸 알기 때문이다.

그래야 불안하지 않고 더 즐겁게 여행을 즐길 수 있다. 나만의 최소한의 마지노선이다.

삶을 흔히 여행에 비유하곤 한다. 그렇다면 내가 원하는 삶도 이런 모습일 거다. 발길 닿는대로 가는 것처럼 보이지만 사실 나만의 목표는 있다. 너무 빼곡하진 않지만 나만 알 수 있는 그런 목표. 그렇기에 여유로워 보이지만 실은 최선을 다한다. 너무 스트레스받지 않고 자신에게 집중해 지금 순간을 최대한 즐긴다. 그런 여행을 생각한다.

밤공기 산책

저녁에 혼자 조용히 노래 들으며 걷는 걸
좋아한다.

가끔 일이 안 풀리는 답답한 저녁에 느끼는
그 상쾌한 공기가 좋고

친구들과의 시끄러운 약속이나 모임을
마치고 나서 대비되는 그 고요함이 좋다.

특히 여름의 초입과 마지막은 산책하기 가장
좋은 날씨인데

하늘은 어쩐지 더 청량하고

기분 좋은 바람과 가로등 조명까지
온통 감상에 젖게 한다.

시간이 지나 자동차도 별로 없는 밤이 되면
노래 소리가 더 선명히 들리는데

이럴 땐 마치 온 세상이 내가 좋아하는
노래로 가득 채워지는 느낌이다.

가끔은 힙합과 함께 자신감 넘치는 걸음을 걷다가도

어쩔 땐 가슴 절절한 노래에 감동을 받기도 한다.

모두 다 내가 좋아하는 순간들이다.

하지만..

가끔은 아닐 때도 있는 게 함정이다.

틀 안의 자유

살면서 가장 규칙적이고 절제된 삶을 보냈던 시기가 있다. 매일 새벽에 일어나 아침저녁으로 운동을 했고 끼니는 거르지 않았다. 군것질이나 핸드폰 같은 전자기기는 전혀 쓰지 않았고 매일 시간 별로 정해진 일을 했다. 밥을 먹거나 잠을 자는 시간, 심지어 청소하는 시간까지 일정했다. 아쉬운 점이라면 상하관계가 있고 모든 게 꽤나 강압적이라는 것이다. 왜냐하면 이건 군대 훈련소 때의 이야기였으니까.

군대 얘기는 사람들이 별로 좋아하지 않는 주제 중 하나다. 친구의 지겨운 회사 뒷담화나 듣고 싶지 않은 자랑과 마찬가지로 듣다 보면 금방 지친다. 아마 군대 얘기도 대부분 비슷해서 그런 모양이다. 하지만 이번에 할 얘기는 군대의 뒷담화나 무용담 따위가 아니다. 마음가짐과 규칙에 대한 이야기다.

입대하기 몇 달 전이었다. 대학은 막 휴학을 했고 다니던 아르바이트는 그만뒀다. 정해진 일과는 모두 사라졌고 남은 건 입대까지의 시간뿐이었다. 그러자 신기하게 나의 하루는 느슨해지기 시작했다. 자고 싶을 때까지 자고 핸드폰이나 컴퓨터를 하며 쓸데없는 시간을 보냈다. 배가 고프면 밥을 먹고 약속이 있어야 밖을 나갔다. 만약 입대 직전이라는 명분이 없었다면 바로 집에서 쫓겨났을 생활이었다. (다행히 집에선 아직도 잘 지내고 있다.)

　하지만 군대에서의 하루는 완전히 딴판이었다. 입대를 하면 훈련소부터 가는데 보통 4주 정도의 생활을 한다. 본격적인 군 생활을 할 부대에 배치 전 필요한 걸 배우는 시기다. 매일 정해진 훈련과 일과가 있고 제약도 많다. 할 수 없는게 많다. 하지만 신기한 건 그럴수록 사소한 것이 감사하고 소중해졌단 거다. 또한 삶에 불필요한 걸 줄이고 단순해지자 신경 쓸 것도 적어졌다. 몸이 건강해지는 건 당연했고 정신마저 건강해지는 걸 느꼈다. 군대만 아니었다면 뭐든 다 할 수 있을 것 같았다.

　물론 훈련소에 있는 모두가 그랬던 건 아니다. 몇몇은 지금의 현실을 불평하거나 부정적으로만 대했다. 앞으로 전역까지 남은 날짜를 세며 한탄만 했다. 하지만 나는 그렇게 생각하고 싶지 않았다. 제약이 많고 훈련이 힘들었던 건 사실이었지만 어차피 거쳐야 하는 과정이라면 기분 좋게 보내고 싶었다. 어떻게 그런 생각을 했는지 모르지만 무의식적으로 그렇게 마음을 다잡았다. 자기계발서에서나 봤던 긍정의 힘을 여기서 보다니.

자유란 말은 분명 군대와 어울리지 않은 단어다. 하지만 적어도 어떤 마음가짐과 규칙 안에서 말하는 것이냐에 따라선 다를 수 있었다. 입대 전 제멋대로 보냈던 생활은 겉으론 자유를 말하고 있었을지 모르지만 실은 혼돈과 무질서일 뿐이었다. 진정한 자유는 자기만의 규칙과 마음가짐이 갖춰졌을 때 가능했다. 무작정 던져지는 삶은 결코 자유로운 삶이 아니었다.

회사를 나온 지 얼마나 됐을까. 혼자 회사 밖에서 무언가를 한다는 건 대단한 절제력을 요구했다. 이전보다 더 철저하고 명확한 규칙이 있어야 했다. 매일 하루가 온전히 내게 주어진 셈이므로 나는 무엇이든 할 수 있었다. 하지만 동시에 아무것도 하지 않을 수 있었고 엉망으로 만들 수도 있었다.

삶에 규칙이 생기면 쉽게 흔들리지 않는다. 작가보도 섀퍼는 '루틴이 있는 삶은 실패할 틈이 없다'고

말했다. 일어나는 시간과 작업하는 시간을 정하는 건 위대한 작가들에게 보이는 일반적인 루틴이다. 무라카미 하루키, 헤밍웨이, 버지니아 울프 등이 그랬다.

동의할 수 있는 틀 안에 자신을 넣는다. 그 안에서 나는 더 자유롭고 창의적이다. 나는 이걸 틀 안의 자유라 부른다. 나만의 인생 철학이다. 삶에 규칙이 생기면 쉽게 흔들리지 않듯 명확한 틀을 세워야 한다. 그것이 지금 내게 필요했다.

CHAPTER 3

누울 자리 보고
눕지 않은 죄

마치 어릴 적 TV에서 보던 번지점프대에 선 기분이었다. 회사를 나와 무언가 도전해 본다는 건 그런 느낌이었다. 거실에 누워 화면을 볼 때까지만 해도 싱거워 보였는데 막상 차례가 되니 발이 떨어지질 않았다. 멋지게 뛰어내릴 수 있을 것 같았는데 아니었다. 아까부터 주변의 성공적인 다이빙이 자꾸만 신경 쓰인다.

한동안 혼자 이리저리 발버둥 쳤다. 관심이 생기는 건 뭐든 해보며 발을 담갔다. 한때 유튜브 영상도 만들고 관련 공모전에도 나가봤다. 단편소설과 시나리오 수업도 들으며 직접 글을 써본 적도 있고, 일러스트, 그림책, 디자인, 심지어 개발 공부도 해봤다. 언젠가는 블렌딩 티와 공간에 관심이 생겨 알아봤으며 마케터로 재취업하기도 했다. 지난 3년간의 일이다. 그리고 지금은 만화와 글을 쓰며 독립출판을 준비 중이다.

누울 자리를 보고 누워라. 퇴사를 고민하던 당시 어디선가 들었던 조언이었다. 하지만 가볍게 흘려들었다. 그러자 정말 시원하게 말아먹었다. 어쩌면 그

사이 존재하는 현실이라는 벽을 인지하지 못했기 때문인지도 모른다.

회사를 나와 소속이 없어지면 크게 두 가지 활동이 중단된다. 경제활동과 사회활동. 그 거대한 축을 잃으면 사람은 금방 초라해진다. 사회에 무슨 효용가치가 있는 것일까 스스로를 끊임없이 의심하기 시작한다. 하지만 이내 마음을 다잡고 산책을 나간다. 회사를 나온 사람에게 제일 중요한 건 멘탈 관리이기 때문이다.

바깥의 공기는 항상 상쾌하다. 산책하러 갔다 돌아오는 길엔 아이스크림 하나를 사 먹는다. 돌아와선 샤워하고 가장 좋아하는 노래를 듣는다. 언제 그랬냐는 듯 복잡했던 마음은 사라진다. 고민이 있었다면 어느새 나름의 답을 찾기도 한다. 아직 해결하지 못한 게 남았다면 연습장을 꺼낸다. 무작정 생각나는대로 글과 그림을 휘갈긴다. 낙서를 하며 한바탕 쏟아내고 나면 항상 가벼워진다.

*

    그렇게 마음을 잡고 무언가 해볼까 하다 우연히 어느 작가분의 SNS를 보았다. 자신은 어떤 식으로 직업을 선택했는지 고민했던 기준을 공유하는 게시물이었다. 꽤나 인상적인 게시물이라 그걸 보며 나도 곧바로 따라 해 봤다. 나만의 기준을 세워보기로 한 것이다. 하지만 처음부터 막히기 시작했다. 지금까지의 경험을 되돌아보려는데 전부 흐리멍텅해 바로 떠오르지 않았기 때문이다. 끝까지 해본 적 없이 발만 걸치다 중간에 슬쩍 포기하기만 해서 그랬던 것일까.

    요즘 종종 러닝을 나간다. 러닝은 보통 자기 페이스대로 달리는 게 일반적인데 가끔은 숨이 찰 때가 생긴다. 아니 매번 숨이 차는 순간은 생긴다. 하지만 중요한 건 그때 멈추면 안 된다는 사실이다. 만에 하나 멈춘다면 다시 원래 페이스로 달리기까지 굉장히 힘들다. 반면 러닝에서 멈추고 싶은 순간을 넘기면 신기하게도 금방 호흡이 괜찮아진다. 보통 속도를 조금씩 늦추며 계속 달리는 건데, 그렇게 달리다 보면 곧이어 리듬을 되찾고 끝까지 달리게 된다. 가끔은 온몸에 전율이 오는 '러너스 하이'를 경험하기도 한다. 완주하고 느끼는 성취감은 말할 것도 없다.

덕분에 요즘엔 이걸 일상에서도 가끔 적용한다. 가령 글을 쓸 때가 그렇다. 몇 분 글을 쓰다 보면 힘들어 금방 쉬고 싶을 때가 찾아 온다. 하지만 그럴 때마다 나는 "이때를 노려야 돼!" 하고 스스로 외친다. 그리고 하던 걸 마저 한다. 그럼 정말 신기하게 금방 참을만해지고 끝까지 하게 된다. 비록 작은 경험들이었지만 내겐 분명 의미 있는 경험들이었다.

낙서를 할 때도 그렇다. 낙서를 하다 보면 항상 마음에 드는 그림이 나오진 않는다. 가끔은 너무 삐뚤거나 이상한 그림이 나오기도 한다. 그럴 땐 괜히 고쳐보려고 덧그리다 보면 항상 더 지저분해지고 엉망이 되어버린다. 러닝을 할 때도 그렇다. 모든 순간이 완벽한 자세로 달려지진 않는다. 가끔은 발을 헛디디고 호흡이 꼬일 때도 있다. 하지만 그걸 연연하지 않고 계속 달리다 보면 어느새 결승점에 도착한다.

인생 또한 마찬가지 같다. 러닝과 낙서를 하던 것처럼 획 하나에 연연하거나 힘들다고 중간에 멈추지 말고 어떻게든 매듭은 지어야 한다. 실이 이어지듯 그렇게 완성된 경험은 다음 경험으로 이어지기 때문이다. 일단 매듭을 짓자. 그런 생각을 했다.

쏟아내는 낙서

낙서를 하다보면 가끔 시간 가는줄 모른다.

그럴 땐 엉켜 있던 머릿속이 분출되고

의미 없어 보이는 것들 사이에서

무언가를 발견한다.

낙서는 내게 그런 의미였다.

대개 집중력이 떨어지거나 고민이 있을 때
낙서를 했는데

실제로 상담학의 한 분야에선 낙서를 치료 기법의 하나로 소개하기도 한다.

또한 뇌과학에선 집중력을 유지시켜주는 의외의 방법으로 낙서를 언급한다.

낙서 같은 무의식적 행동이 뇌의 과부화를
막고 금방 지치지 않게 하기 때문이라는데

이것 때문인지는 모르겠지만 어쨌든 나는
낙서를 자주 했다.

그렇게 한바탕 쏟아내고 나면

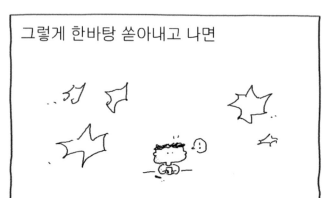

언제든 다시 시작할 수 있었기 때문이다.

# 진짜 솔직한 글
(부제: 의미 없는 일처럼 보일지라도)

창가 쪽으로 벌레 한 마리가 날아왔다. 기다란 다리에 모기를 닮은 모습이 신기해 검색해 보니 각다귀라고 한다. 아까부터 계속 창문을 두들기고 있었는데 아마 창밖으로 나가고 싶은 모양이다. 하지만 카페는 전부 통유리창으로 되어 있어 나갈 틈이 없었다. 그걸 모르는지 각다귀는 계속 창문을 이리저리 두들긴다. 그렇게 몇 시간이 지났을까. 내가 카페를 나설 때까지도 녀석은 여전히 창문을 두들기고 있었다.

각다귀의 평균 수명은 10~15일 정도라고 한다. 카페는 점심쯤에 가서 저녁 무렵 나왔으니 5시간 정도 있었다. 이걸 사람의 수명으로 계산하면 카페에서 각다귀는 몇 년 이상을 창문 앞에서 보낸 셈이다. 그게 인상 깊었던지 자기 전까지 계속 생각이 났다. 사소한 것에 자주 신경을 쓰던 어릴 때의 버릇 때문이었을까. 아니 어쩌면 다른 이유 때문이었는지도 모르겠다. 창문을 향해 몸을 부딪치던 각다귀의 모습에서 자꾸만 내 모습이 보였다. 각다귀는 어떻게 됐을까.

첫 회사를 나온 지도 3년이나 지났다. 그동안을 돌아보면 가끔 이게 맞나 의문이 들 때가 있다. 혹시 내가 헛된 시간을 보내고 있는 건 아닐까. 분명 무언가 하긴 했는데 주변을 보면 자꾸만 작아진다. 돈이 전부가 아니라지만 그렇다고 아예 무시할 수도 없다. 제대로 된 수익 없이 꿈만 좇기엔 신경 쓸 게 너무나 많다. 큰 성공을 바란 건 아니지만 원하는 삶을 상상해 보면 필요한 건 생각보다 많았다. 알고 보니 나는 돈과 물질에 초연한 사람이 아니었다. 스스로 낙서는 하찮은 게 아니라고 얘기했지만 사실 마음 속 깊은 곳에선 그걸 의심하고 있던 건 아닐까. 내가 외치던 말이 사실은 전혀 설득력 없는 공허한 외침이었으면 어떡하지.

며칠 후에 그 각다귀가 또 생각이 났다. 내가 구해줬어야 했나. 아니 집에서 벌레가 보이면 바로 죽이면서 이런 말을 하는 건 위선인 걸까. 어쩌면 각다귀는 숭고한 도전 끝에 죽음을 맞이한 것일 수도 있다. 그의 삶을 인간의 시선에서 평가하는 건 맞지 않을 수 있으니까. 모르겠다. 어떤 게 맞는 걸까. 생각은 계속 꼬리에 꼬리를 문다. 맨날 글을 쓰다가 막히면 모르겠다고 버릇처럼 말한다. 어딘가 구멍이 난

글이 이런 걸까 싶지만 여전히 나는 모르는 것투성이다.

내가 모르는 건 하나 더 있다. 내가 그리고 있는 삶이란 이야기가 어떻게 끝날지 지금으로선 전혀 알 수 없다. 어렴풋이 상상할 순 있겠지만 정확히 어떤 모습이라고 보여줄 순 없다. 그러니 내가 할 수 있는 거라곤 지금 순간에 집중하는 것뿐이다. 과거는 지났고 미래는 아직 오직 않았다. 어디선가 들었던 멋진 말이다.

낙서하다 보면 가끔 시간 가는 줄 모를 때가 있다. 그럴 땐 보통 완성될 그림의 모습을 생각하기보다 연필을 긋는 지금 순간에 더 집중하고 있다. 사실 낙서라는 게 처음부터 무엇을 그리려고 명확히 정한 후 그리는 게 아니라 어떻게 보면 당연하다. 그저 내가 바라는 이미지를 어렴풋이 상상하고 나머진 손이 가는대로 그릴 뿐이다. 그렇게 연필을 긋는 것에 집중하다 보면 어느새 그림은 완성되었다.

겸손과 자신감 사이
그 어딘가

칭찬을 받는 게 항상 어색하고 불편했다.

무슨 말을 해야 할지 모르겠고

그냥 하는 빈말은 아닐까 스스로를 과하게
낮추곤 했다.

하지만 이제와 생각해보니 그건 겸손이
아니라 자신감 부족이었다.

물론 아직 해야할 게 많지만

지금까지 해온 것들마저 부정하는 건 절대 겸손이 아니었다.

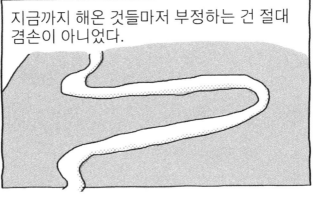

그동안 나는 낙서의 '가볍지 않음'을 이야기
하려고 했었는데

정작 마음 깊숙한 곳에선 여전히 낙서를
하찮은 걸로 여기고 있던 것이다.

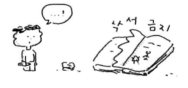

지금까지의 내 태도를 다시 되돌아보게
된 순간이다.

그걸 깨닫던 날 이런 말을 들었다.

우리 안에는 스스로를 대하는 두 가지의
자아가 있다고 한다.

그중 어느 쪽 자아의 힘이 더 센지에 따라
스스로를 대하는 게 달라지기 때문에

이 둘 사이의 균형을 적절하게 잡는 것이
중요하다고.

돌이켜보면 나는 비판자아에 자주 순응하고
꼬리를 내리던 아이였다.

그런 칭찬이 정말 네게
어울린다고 생각해??

항상 높은 기준을 세웠고 그걸 맞추지 못하면 스스로를 심하게 나무랐다.

아이가 울고 있는 것도 내버려둔 채 말이다.

만약 그 아이가 길에서 마주친 아예 모르는
아이라도 그랬을까?

남을 대하는 만큼 나 자신을 돌보는 일 또한
중요하다.

내가 신경써야 했던 건 자기검열과 겸손이
아니었다.

바로 나 자신이었다.

당신 내면에 있는 아티스트는
아직 어린 아이이고
더 키워져야 한다.
⋮

이것은 아기의 걸음마와 같다.
자신에게 요구해야 할 것은
완벽함이 아니라
앞으로 나아가는 것이다.

「아티스트 웨이」 中

파도

SNS를 보면 다들 쉽게 돈을 번다.

단번에 시선을 끄는 그들의 성공담은 내심
부러웠다.

하지만 언젠가부터 그 감정마저 무뎌졌다.

나와는 다른 세상 이야기 같았기 때문이다.

어쩌면 시도할 용기가 부족해 애써 외면했던 건지도 모른다.

그들만큼의 '무언가'가 내겐 없다고 생각했기 때문이다.

그래서 한동안은 그걸 찾아 헤맸다.

하지만 그건 마냥 갈구하거나 포기한다고
되는 게 아니었다.

그때쯤 공책 구석에서 작은 낙서를 발견했다.

누가 볼까 부끄러워 감추기 바빴던 낙서.

나는 그 낙서들을 기록이라는 핑계로 SNS에
하나씩 올리기 시작했다.

아마 그 안에는 누군가 나를 봐줬으면 하는
마음이 있었던 모양이다.

계정 이름을 짓는데 며칠을 고민해 '낙서인'
이라고 붙인 걸 보면 말이다.

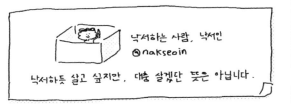

낙서는 사실 하찮은 게 아니었다.

자기만의 모양과 이야기가 있었을 뿐이다.

그 사실을 깨달을 때쯤 사람들이 하나둘
내 낙서에 관심을 주기 시작했다.

나는 그걸 발판 삼아 어려워 포기했던
이모티콘을 다시 그렸다.

몇 번의 실패가 있었지만 결국 상품화에
성공했고

얼마 전엔 처음으로 판매된 이모티콘의
정산금이 입금됐다.

내 그림으로 번 첫번째 수익금이었다.

그 시기쯤 운좋게 코엑스에서 열린 일러스트 페어도 참가했다.

그림을 그리며 가장 즐겁고 감사했던 경험이었다.

덕분에 나는 여전히 낙서를 그린다.

인터넷에서 보던 화려한 결과만큼은
아니지만

작은 성취들이 하나둘 쌓이는 걸 느낀다.

그리고 그것들이 모여 언젠가

두둑두둑...

더 큰 파도가 될 거라 믿기 때문에

지금의 울렁거림이 너무 무섭지만은 않다.

부록

# 이모티콘 도전기 1

@nakseoin

5번의 시도 끝에 이모티콘 첫 승인을 받았다.

사실 말이 5번이지 기간으로 치면 2년이나
걸렸다.

한번 제안할 때마다 너무 힘들어 금방 포기
해버렸기 때문이다.

해본 사람들은 알겠지만 이모티콘 제안은
보통 일이 아니다.

한 세트를 위해 30장 내외의 그림을 균일하고
다채롭게 그려야하는데…

다른 사람들에겐 모르겠지만 나에겐 너무
고역이었다.

결국 이모티콘은 항상 쫓기듯 겨우 끝내기
일쑤였다.

그러다보니 제안하면서도 항상 아쉬움이
많았고 결과 역시 좋지 못했다.

처음 이모티콘을 제안하기 전엔 왠지 모를
자신감이 있었지만

막상 시도해보니 그 벽은 꽤나 높았다.

하지만
언제나 조져지는 건
나였다.

하지만 그러면서 몇 가지를 깨달았다.

조져진 흔적들 ✦

그것들 덕분이었을까 이모티콘을 그리는 게
이전보다 조금은 수월해졌다.

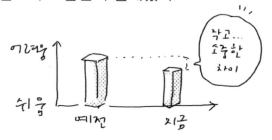

그치만 여전히 어려운 건 마찬가지다.

다만 여러번의 시도 끝에 난생처음 이모티콘
승인을 받았다.

드디어...

상품화까지는 거의 5개월이나 걸렸지만…
그래도 그동안 깨달은 것들이 있다.

2022. 7. 5. 승인

2022. 9. 1. 검수완료

2.22. 11. 22 출시

오래 걸렸다...

계속

# 이모티콘 도전기 2

@nakseoin

나의 첫 이모티콘이 출시되었다.

승인을 받고 출시까지 생각보다 너무 오래
걸렸던 터라

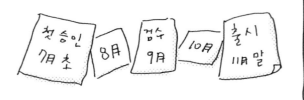

처음엔 그쪽에서 승인을 후회해서 그런가
싶었지만

그래도 막상 출시되고 나니 신기하고 괜히
내 그림에 더 애정이 생긴다.

출시 소식에 생각보다 많은 사람들이 축하
해줘서 정말 고마웠는데

덕분에 1년 치 연락을 하루 만에 다 한 기분
이다.

사실 처음엔 주변 가까운 몇 명에게만
얘기를 할까 했었다.

왜냐면 괜히 부끄럽고 민망했기 때문이다.

하지만 먼저 알고 연락을 해준 사람들과
주변의 응원에 용기(?)를 냈고

막상 연락 해보니 잘 했단 생각이 들었다.

첫 이모티콘 출시 소식에 주변의 반응은
제각각이었는데

묵묵히 응원해주는 사람들이 있는가 하면

이제 부자되는 거냐고 신기해하는 사람도
많았다.

재밌는 건 많은 사람들이 나랑 이모티콘이
비슷하다고…

어쨌든 오랜만에 서로의 근황도 물어보며
좋은 에너지를 많이 받았던 시간이었다.

또 왠지 모를 책임감도 생겼다.

불현듯 처음 이모티콘을 제안했을 때가
떠올랐다.

계속

# 이모티콘 도전기 3

@nakseoin

시중의 영상이나 강의 같은 걸 보면 다양한
팁이 있다.

누가 어떤 상황에 쓸 것인지 명확한 타겟
정하기.

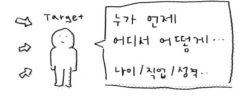

또는 다채로운 캐릭터의 표현이나 귀엽고
완성도 있는 퀄리티 등.

하지만 내게 가장 효과적이었던 방법은

내가 제일 편하고 자신 있는 스타일로
그림을 그리는 것이었다.

그렇게 하면 적어도 지치지 않고 끝까지
그릴 수 있었다.

사실 이모티콘을 제안하며 가장 힘들었던
건 그려야 하는 갯수였다.

한 세트를 제안하기 위해선 30개 내외의
표현을 생각해 완성도 있게 그려야 한다.

하지만 이모티콘은 항상 내 뜻대로 그려지지
않을 때가 많았는데

돌이켜 보면 내가 이모티콘에 갖고 있던
이상한 기준 때문이었다.

당시 나는 이모티콘은 뭐든 반듯하고 일정해야 한다고 생각했다.

그래서 항상 그 기준을 위해 그림을 지웠다 그리기를 반복했고

균일한 퀄리티를 위해 우연히 잘 그려진
그림 하나를 계속 따라 그리려고만 했다.

그러다보니 결과물들은 모두 어딘가 어색
하고 이상했다.

뭔가 그림에 매력이 없고
어색하기만 한 느낌

하지만 생각을 바꾸자 압박감이 사라지고
속도가 붙기 시작했다.

더이상 이모티콘을 그리며 예전만큼 싫증이
나거나 금방 지치지 않았다.

하지만 문제는 거기서 끝이 아니었다.
여전히 이모티콘 완성은 어렵고 힘들었다.

그래서 대책을 하나 세우기로 했다.

계속

# 이모티콘 도전기 4

@nakseoin

돌이켜 보면 그건 약간의 운과 무식함 덕분
이었다.

당시 몇 번의 미승인에 좌절하고 있던 나는
더이상 미루거나 물러설 수 없었다.

그래서 나름의 대책으로 확실한 마감기한과
규칙을 정했는데

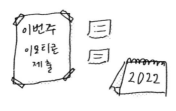

마감을 어기면 스스로에게 벌칙을 주기로
한 것이다.

벌칙을 정하는 건 어려웠는데

사실 벌칙 자체보다 그걸 주변에 선언하고
약속한 사실이 나를 더 움직이게 했다.

덕분에 마감까지 여유를 갖고 집중해 일을
완수할 수 있었...

으면 좋았겠으나 여전히 이모티콘은 내 생각
대로 잘 그려지질 않았다.

하지만 마감기한은 계속 다가오고 있었다.

그래서 어쩔 수 없이 꾸역꾸역 이모티콘을
그렸는데

대부분의 그림들은 여전히 마음에 들지
않았다.

하지만 그 사이에 하나씩 괜찮아보이는
그림들이 보이기 시작했다.

나는 그렇게 걸러진 그림들을 따로 모으며
계속 그림을 그렸다.

수많은 그림들...

뭔가 조금씩 진전이 생기는 느낌이었다.

계속

# 이모티콘 도전기 5

@nakseoin

아이디어가 넘쳐나는 분들이라면 거침 없겠지만

나의 경우엔 그렇지 않았다.

그래서 떠올린 방법은 타겟을 '나'로 정하는 것이었다.

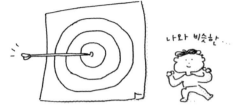

내가 대화에서 자주 쓰고 있거나 요긴하게 쓸 법한 표현들.

그런 것들을 제일 먼저 떠올리며 가지치기를
해나갔다.

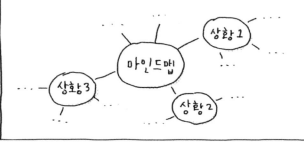

캐릭터는 당연하게 나와 비슷한 모습으로
나온다.

자주 쓰는 표현을 캐릭터의 성격에 맞게
떠올리는 것도 괜찮은 방법이다.

물론 가장 중요한 건 특징과 컨셉이다.

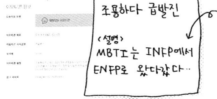

이런 자잘한 것들 덕분에 작업이 이전보다
조금 수월해졌다.

그래서 나같이 이모티콘 승인에 처음 도전
하는 분들에겐 괜찮은 방법일 거다.

하지만 아직 끝이 아닌데…

바로 떠올린 아이디어를 이모티콘 한 셋트로
그리는 일이다.

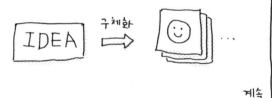

계속

# 이모티콘 도전기 6 (끝)

@nakseoin

처음 승인 받았던 이모티콘을 보면 어떻게
그렸나 싶다.

당시에는 뭔가 마음에 안 드는 것 같았는데

다시보니 어떻게 그런 포즈들까지 생각해
그렸는지 신기하다.

어떻게
그린거지..

그러고 보면 첫 승인은, 정말 마구 던진 돌 하나가 운좋게 맞은 느낌이다.

하지만 요즘은 아무리 던져도 맞질 않는다.

문득 예전 잠깐 들었던 크로키 수업 때의
대화가 생각났다.

당시 나는 그림을 그리면서 어쩔 땐 잘 그려
지지만, 또 어쩔 땐 그렇지 않은 경우가 많아

답답한 마음에 선생님께 하소연한 적이 있다.

그러자 선생님께선 이런 대답을 하셨다.

그 차이를 좁히는 것이 **실력**이고,
그러기 위해 **연습**을 하는 거죠.

그래 어쩌면 나는 그만큼 충분한 노력을
하지 않은 걸지도 모르겠다.

돌이켜 보면 지금껏 떳떳하게 잘 보냈다고
생각하는 날들이 손에 꼽는다.

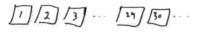

매번 말만 그럴듯하게 떠벌렸던 건 아닌지
반성하게 된다.

그렇지만 이런 반성과 후회도 이젠 지겹다.

대신 그것보다 스스로의 만족과 성취감이
더 큰 하루를 보내고 싶다.

그게 지금의 내가 할 수 있는 최선일 거다.

그래서 앞으로는 지금처럼, 아니 그것보다
조금 더 노력하며 시도해볼 생각이다.

그때까지 아마 내 도전기는 계속되지 않을까.

결말 짓기

이야기를 마무리하는 건 언제나 어렵다.

그림을 그리거나 글을 쓸 때마다 드러나는
내 약점이다.

괜찮은 이야기가 생각나 막 늘어놓더라도

결말이 좋지 않으면 평가는 박하다.

하지만 시작이 그저 그래도 결말이 훌륭하면 대체로 좋은 평가를 받는다.

와—
오—
짝짝 짝

용두사미 아니면 역대급 결말.
내가 지금껏 봐온 바에 의하면 그렇다.

이건 비단 이야기에만 해당되는 말은 아닌
것 같다.

인간관계는 첫인상보다 어떤 모습으로
기억되었는지가 중요하고

인생 역시 어떻게 태어났느냐 보다 어떻게
마무리하느냐가 더 중요하다.

물론 그 과정에서의 노력과 이야기를 무시
해선 안 되겠지만

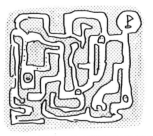

잊지 말아야 할 사실은 좋은 과정이 결국
좋은 결말을 만든다는 것이다.

그렇다면 어떤 마무리가 괜찮은 결말일까?

그건 아무리 생각해도 여전히 어렵다…

어렸을 땐 당연히 이야기엔 완벽한 결말이 있어야 한다고 생각했습니다. 초반부터 치밀하게 설계된 복선이 착착 맞아떨어질 때면 언제나 쾌감을 느끼곤 했습니다. 그래서 가끔 제멋대로 전개되다 끝나버리는 이야기를 보면 작가가 무책임하다고 생각했습니다. 하지만 막상 그 입장이 되어 보니 조금은 이해가 됩니다. 물론 그게 아무렇게나 끝내 버리는 이야기에 대한 정당화는 아닙니다. 여전히 멋진 이야기를 만드는 창작자들에겐 존경의 마음이 듭니다.

그렇다면 좋은 결말은 어떻게 나오는 걸까요. 매번 크고 작은 이야기를 만들 때마다 드는 고민입니다. 처음부터 치밀하게 갈고 닦으며 준비해야 하는 것인지. 아니면 다른 방법은 없는 것인지.

영화감독 봉준호는 <기생충>의 시나리오를 처음 쓸 때 자신도 이야기의 결말을 알지 못한 채 써내려갔다고 합니다. 또한 영화<쇼생크 탈출>과 <샤이닝>의 원작 소설가 스티븐 킹도 이와 비슷한 말을 한 적이 있습니다. '나는 플롯보다 직관에 의존하는 편이다. ... 그럴 때 나는 소설의 창조자일 뿐 아니라 최초의 독자이기도 하다'.

어쩌면 이야기는 모두 자기만의 생명력을 가졌는지 모릅니다. 작가는 그걸 온전히 따라가 만나는 걸 세상에 보여주는 존재일지 모릅니다. 그걸 어떻게 다듬어 내느냐는 나중의 문제더라도 일단은 그 씨앗을 발견하고 따라가는 게 먼저 아닐까요. 하나를 고민하느라 아무것도 하지 못하는 게 아니라 가끔은 가볍게 시작하는 것도 한 방법인가 봅니다.

생각해 보면 사는 것 또한 그렇습니다. 인생이란 이야기는 저마다의 결말이 있을 테지만 그게 어떤 모습인지는 아무도 모릅니다. 종종 마주치는 사건 사고들도 결국엔 어떤 식으로든 끝나기 마련입니다. 모든 건 지나고 나서야 알겠지요. 그래서 저는 덜 고민하고 싶습니다. 대신 그 불꽃을 잘 따라가고 싶어요. 그렇게 따라가다보면 언젠가 결국 원하는 결말에 가까워질 거라 믿기 때문입니다.

가끔 러닝을 하는데 나이키 어플의 오디오 가이드를 듣습니다. 그럴 때마다 러닝이 끝나면 온라인 코치는 종종 이런 말을 해줍니다.

"See you at the next starting line!"

글을 쓰고 다듬다 보면 자꾸만 작아질 때가 많았습니다. 덜 신경 쓰려고 해도 부족한 점이 자꾸만 보여 몇 번이나 글을 고쳤습니다. 하지만 이제는 그만 매듭을 지으려 합니다. 왜냐하면 끝은 완결이 아닌 새로운 시작을 의미하니까요. 쉽지 않았지만 저는 다음 시작을 준비해보겠습니다. 여러분의 이야기는 어떠신가요? 여기까지 읽어주셔서 감사합니다. 다음 출발선에서 또 뵙겠습니다!

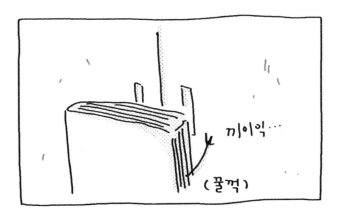

이 책을 처음 후원해주셨던 분들과
응원의 말을 건네주신 많은 분들께 진심으로 감사드립니다.

## 낙서하듯 살고 싶지만 대충 살겠단 뜻은 아닙니다

1판 1쇄 발행 2023년 6월 19일

지은이          낙서인

발행인          이재현

펴낸곳          낙서인 가게

도서문의        nakseoin@gmail.com

ISBN            979-11-983234-0-8